Mark Sarg

Die kokette Leiche

Mark Sarg

Die kokette Leiche

Bizarre Kurzgeschichten

Goldene Rakete Verlag für Belletristik

Imprint

Cover image: www.ingimage.com

Publisher:
Goldene Rakete Verlag für Belletristik
is a trademark of
International Book Market Service Ltd., member of OmniScriptum Publishing Group
17 Meldrum Street, Beau Bassin 71504, Mauritius

Printed at: see last page
ISBN: 978-620-0-51863-7

INHALTSVERZEICHNIS

DER MENSCH, DER NUR FREUNDE HATTE 3

DIE MEMOIREN EINES GELÄUTERTEN 4

DIE SCHADHAFTE LEICHE 5

DIE FEE IM BEICHTSTUHL ODER

DER VERFLIXTE ROSENKRANZ 6

DAS DÄMONISCHE GESCHÖPF 7

DAS FEURIGE GESCHÖPF 8

DAS SCHMACKHAFTE GESCHÖPF 9

DER PÄPSTLICHE SCHABERNACK 10

DIE BERAUSCHTE LEICHE 11

DIE GELDAUSTREIBERIN 12

DER PAPST ALS MOHNNUDEL 13

DER PAPST ALS ROLLSCHUH 14

DER PAPST ALS SCHLAFSACK 15

DAS UNVERGESSENE GESCHÖPF 16

HALB HÜBEN, HALB DRÜBEN 17

DAS WARTENDE GESCHÖPF 18

DAS WOHLTUENDE GESCHÖPF 19

DAS KECKE SCHNEIDERLEIN 20

DIE UNENTSCHLOSSENE 21

DIE WOHLBEDACHTE BESTATTUNG 22

DAS SCHULBEISPIEL 23
DAS DIPLOMATISCHE GESCHÖPF 24
DAS VERRÄTERISCHE GRINSEN ODER
VOM WERDEN DER PÄPSTE 25
DER ESEL ALS MANN 26
DER PAPST ALS KNACKWURST (2) 27
DER PAPST ALS DREAMGIRL 28
DER PAPST ALS ROTZMENSCH 29
DAS GEWACHSENE GESCHÖPF 30
DAS KONTROVERSIELLE GESCHÖPF 31
DAS CHOLERISCHE GESCHÖPF 32
DER GEBORENE SARG 33
DIE VERGIFTETE WOLKE 34
EIN VAMPIR AUS DEM EMPIRE 35
DER PAPST ALS WINDFANG 36
DIE BEISSWÜTIGEN LEICHEN ODER
DIE ENTSTEHUNG DES SCHEITERHAUFENS 37
DIE KOKETTE LEICHE 38
DIE FRÖHLICHEN OPFER 39
DER TEUFLISCHE SPASS 40
DER UHU UND DAS ROTZMENSCH 41
DER HENKER UND DAS ROTZMENSCH 42
DER PHILOSOPH UND DAS ROTZMENSCH 43
DER NABEL DER WELT 44

DER MENSCH, DER NUR FREUNDE HATTE

Als „Mensch, der nur Freunde hatte“ ging die durchlauchtigste Herzogin Rosa Döselkopf in die Weltgeschichte ein.

Ihr außerordentliches Phänomen ist indes nur auf den allerersten Blick unerklärlich – besaß sie doch in der Tat keine einzige Freund***in***!

Selbst ihre Mutter hatte sich gleich nach der Geburt „mit den besten Wünschen“ verabschiedet …

DIE MEMOIREN EINES GELÄUTERTEN

Sein Leben lang hatte Prälat Suliman Schneekopf mit größtem Ehrgeiz und eiserner Hand zum Segen der Nachwelt an seinen „Memoiren eines Geläuterten“ laboriert – um am Ende doch nur tief enttäuscht und verdrossen auf eine knappe Seite herabzublicken, der obendrein das „Kernelement“ eindeutig zu fehlen schien.

Drüben erhielt er dann freilich den wohlwollenden, erlösenden Hinweis, dass er sich zur Vollendung lediglich von seiner allzu blindverehrten ***Kirche*** hätte trennen müssen …

DIE SCHADHAFTE LEICHE

Wegen angeblicher Schadhaftigkeit wurde Contessa Lydia Häuslkraut vom Friedhof glatt ins Leben retourverwiesen.

Denn dort fiel ihr Zustand natürlich auch weiterhin nicht auf …

DIE FEE IM BEICHTSTUHL ODER DER VERFLIXTE ROSENKRANZ

Eine barmherzige Fee erschien Pfarrer Montezumo Krautpiss in dessen Beichtstuhl – um ***ihm*** die Beichte abzunehmen.

„Ich ***habe*** keine Sünden, scheren Sie sich zum Teufel!“, warf er sie rüde hinaus – worauf der Apostrophierte sogleich an ihrer statt auftauchte und ihm freudig zuwinkte.

Da wurde er von wilder Reue und Verzweiflung erfasst – und erdrosselte sich in Panik mit seinem Rosenkranz.

„Hätte ich das verflixte Ding nicht ständig bei mir getragen – gäbe es jetzt vielleicht ***eine*** Sünde ***weniger*** zu beichten!“, haderte er mit sich auf dem Weg zum Letzten Gericht.

DAS DÄMONISCHE GESCHÖPF

Ein Geschöpf war so dämonisch, dass es sich wahrhaftig nicht ***darstellen*** lässt.

Und damit man es auch gar nicht erst darstellen ***darf***, erfand es vorsichtshalber den Islam …

DAS FEURIGE GESCHÖPF

Ein feuriges Geschöpf fiel ins Wasser und ertrank.

„Das hat man nun von seinem verfluchten Temperamente!“, schnaubte es – und wunderte sich in seiner Entrüstung gar nicht, wieso es überhaupt noch denken konnte …

DAS SCHMACKHAFTE GESCHÖPF

Ein Geschöpf war von seiner Schmackhaftigkeit so überzeugt, dass es sich mit allergrößtem Genusse ***selber*** auffraß.

Nur, damit ihm ja keiner ***zuvorkommen*** könne!

DER PÄPSTLICHE SCHABERNACK

Um sich den tristen Alltag ein wenig zu versüßen, gönnte sich Papst Zuckerbart der Klebrige über Jahre hin einen Schabernack: Er bestreute vor den Audienzen seinen langen Bart tüchtig mit Salz, welches man natürlich wegen des päpstlichen Namens für Zucker hielt. Sodann erlaubte er den Gläubigen als Ausdruck besonderer Huld, ihn abzulecken und zu küssen – und ***weidete*** sich daran, wenn diese sich keine Miene zu verziehen getrauten und auch noch „dankbar“ auf die Knie fielen.

Erst nachdem der Bart durch die ständige Versalzung endgültig eingegangen war, beschränkte er sich darauf, vor besonders wichtigen Privataudienzen seine ***Füße*** „einzupökeln“ ...

DIE BERAUSCHTE LEICHE

Dermaßen ***berauscht*** war Hofrätin Dagomira Schnabelgott von ihrer neuen Existenz, dass sie partout nicht mehr daraus erwachen wollte.

Als aber dann doch der unabwendbare Zeitpunkt gekommen war – fieberte sie gleich von Anbeginn schon ihrem ***nächsten*** Ende entgegen …

DIE GELDAUSTREIBERIN

In später Reue sah sich Mrs. Mabel Flaschenkopf dazu getrieben, die Ehre ihres Gatten Goldwyn, der sich als gnadenloser Geldeintreiber fragwürdigen Ruhm erworben hatte, posthum zu rehabilitieren, indem sie sein beträchtliches Vermögen an Bedürftige wieder „austrieb“.

Als sie sich aber mit gleichem Begehren an die von ihm mit regelmäßigen, großzügigen Spenden zwecks „Gewissenserleichterung“ bedachte Ortskirche wandte – drohte ihr diese ganz unverhohlen mit ***Teufels***austreibung …

DER PAPST ALS MOHNNUDEL

Allzu gerne hätte sich Papst Bröselhaupt der Schmächtige als „gezuckerte Mohnnudel" selber verspeist. Doch ward ihm leider von Leibarzt Dottore Aroldo Messerstich eine strikte Diät auferlegt.

Und so musste er sich wohl mit dem begnügen, was er ***war***.

Und darauf hatte er nun wirklich ***gar*** keinen Appetit!

DER PAPST ALS ROLLSCHUH

Um dem Teufel seine demutsvolle Unterwerfung mit ***Verve*** zu demonstrieren, offerierte sich ihm Papst Tollhecht der Rasante kurzerhand als „Rollschuh“ – vermittels dessen er die weiten Strecken im Vatikan erheblich bequemer und rascher zurücklegen könnte.

Als der Umworbene jedoch gleich bei der ersten Ausfahrt kräftigst auf die Hörner fiel, verfluchte er sein Vehikel „kreuzweise“ – und blieb der Kirche zur Strafe ein ganzes Jahr lang fern!

Immer darauf bauend, dass er deren Mitglieder auch ***ohne*** separate Mühen früher oder später bei sich beherbergen würde …

DER PAPST ALS SCHLAFSACK

Döselgack der Erste, der sich in ganz unpäpstlicher Demut bereits zum Zeitpunkt seiner Thron-„Besteigung“ – die in Wahrheit ein mühsames Hinaufhieven mithilfe dreier äußerst korpulenter Kardinäle war – als „alten Sack“ bezeichnet hatte, änderte dieses Etikett aufgrund der mit der Bürde seines Amtes rapide einhergehenden geistigen Lähmung schon bald in „alter Schlafsack“ um.

In Ermangelung anderer stünde diese „Tugend“ auch seinen ***Nachfolgern*** höchst trefflich zu Gesicht …

DAS UNVERGESSENE GESCHÖPF

Ein unvergessenes Geschöpf weilt noch heute mitten unter uns und wird wohl auf ***ewig*** unvergessen bleiben.

Und dies, obwohl es bislang völlig un***erkannt*** geblieben ist.

Denn man kann eben durchaus zugleich un***erkannt*** und un***vergessen*** sein ...

HALB HÜBEN, HALB DRÜBEN

Sir Matthew Brautsack fand durch stetes Üben
schon immer ***häufiger*** den Weg nach drüben.

Und als er dort endlich zur Gänze anlangte –
man hüben ihm herzlichst fürs ***Erbe*** dankte!

DAS WARTENDE GESCHÖPF

Ein Geschöpf wartete bis zu seinem Ende beharrlich auf bessere Zeiten – die jedoch partout nicht zu kommen schienen.

Und so wartet es nun mit frischer Kraft ***drüben*** weiter …

DAS WOHLTUENDE GESCHÖPF

Ein Geschöpf setzte sich ungefragt jedem auf den Bauch.

Das Wohltuende daran war nur, dass es ihn dann auch ebenso unvermittelt wieder verließ – wobei es ihm noch seinen Segen für eine „fröhliche Verdauung“ spendete.

Was tatsächlich seine Wirkung nie verfehlte …

DAS KECKE SCHNEIDERLEIN

Ein Schneiderlein dachte sich keck:
„Ich nehm jetzt diesen alten Fleck,
fertige daraus ein Papstgewand –
und verkauf es dann unter der Hand!“

Doch als es ihm trefflich gelungen war,
hielt er ***selbst*** sich für den Papst sogar.
Da gab er es natürlich nicht mehr her –
und verkaufte stattdessen seine Scher‘.

Und wenn er nicht gestorben wäre,
wär‘ er noch ***heute*** ohne Schere!

DIE UNENTSCHLOSSENE

Justizrätin Magda Krengfrast fühlte sich zeitlebens halb lebendig und halb tot.

Und daran änderte sich erstaunlicherweise auch ***nach*** ihrem Übergange nicht viel …

DIE WOHLBEDACHTE BESTATTUNG

Äußerst wohlbedacht ließ sich Gräfin Jaspinia Schneegeist mit ihrem exquisitesten ***Regenschirm*** beisetzen.

Denn für ihr erstes Rendezvous in ihrem neuen Dasein wollte sie bei wirklich ***jeder*** Witterung gewappnet sein!

DAS SCHULBEISPIEL

„Nachdem ja gemäß christlicher Auffassung Gott Vater seinen eigenen Sohn einem bestialischen Opfertod preisgegeben hat und dafür auch noch höchste ***Anerkennung*** fordert, darf man sich wirklich nicht wundern, wenn dieses ‚Beispiel' bis heute Schule macht und die Menschen nur allzu ***leicht*** sich und andere zu opfern bereit sind. Zwar gibt es eine derart ‚monströs-neurotische Schauergestalt', deren Anbetung ***wahre*** Gotteslästerung bedeutet, gottlob natürlich gar nicht – aber solange ein Großteil der Welt daran festhält, kann man wohl schwerlich ein Ende der ewig wiederkehrenden kriegerischen Auseinandersetzungen erwarten!"

Sofern der Papst auch nur einen Restfunken von Verstand aufweist, sollte er den emeritierten Professor für Kirchenrecht Xavier Hautjuck für seine Erkenntnis ***heilig***sprechen!

Zu befürchten steht freilich eher, dass er – im besten Falle – ***exkommuniziert*** wird …

DAS DIPLOMATISCHE GESCHÖPF

Ein Geschöpf galoppierte in der Welt umher,
dank seines Passes fiel ihm dies nicht schwer.

Da es aber ***diplomatisch*** war –
entschuldigte es sich hierfür sogar!

DAS VERRÄTERISCHE GRINSEN ODER VOM WERDEN DER PÄPSTE

Unschwer erkannte Bischof Reomyr Semmelfritz am verräterischen Grinsen, dass Graf Aurelius Schwitzbart vor der Kommunion nicht gebeichtet hatte. Er versagte ihm daher barsch die Labung und schickte ihn zwecks religiöser Erziehung zum Teufel.

Der erfasste sofort sein außergewöhnliches Potential, nahm sich fürsorglichst seiner an – und sandte ihn mit allem nötigen Rüstzeug bald wieder zurück zur Erde. Als neuen Papst Brunnhildius II.

Dessen erste Amtshandlung es nun war, den ***Bischof*** dankbar zur Feinschulung in die Hölle abzukommandieren. Damit seine Nachfolge schon beizeiten geregelt sei …

DER ESEL ALS MANN

Ein Esel, der zum Manne ward,
rasierte stolz nun seinen Bart.

Und war damit so sehr zufrieden –
dass er kaum ***los***kam von hienieden!

DER PAPST ALS KNACKWURST (2)

Knackwurst in Essig und Öl, tunlichst noch mit sehr viel Zwiebel: So sah für Papst Junglaus den Kräftigen die krönende Erlösung aus!

Und da er eben „in tugendhafter Zurückhaltung“ keine ***höheren*** Ansprüche an sich stellte, geriet er bereits zu Lebzeiten immer mehr zu einer solchen – bis er auf dem Höhepunkte der Vollendung als ein nahezu perfektes Exemplar den „Geist“ aufgab.

Seinen Nachfolger, Altlaus den Schmächtigen, hinderte dies freilich keineswegs daran, ihn dennoch heiligzusprechen.

Gerade ***wegen*** seiner außerordentlichen Bescheidenheit – der gemäß er sogar bei der Letzten Ölung ganz auf den ***Essig*** verzichtet hatte!

DER PAPST ALS DREAMGIRL

Geschickt verstand es der Teufel, die sprichwörtliche Eitelkeit von Papst Drachenkopf X. noch weiter zu schüren. In nächtlichen Visionen gaukelte er ihm vor, welche ***Massen*** von Gläubigen er doch hinzugewänne, wenn er bloß einmal wenigstens in einer Broadwayrevue als „Dreamgirl“ das Tanzbein schwänge – und nur zu gerne ließ er sich wirklich dazu verleiten.

Und tatsächlich war sein Erfolg mit Hilfe Satans zunächst unbeschreiblich. Doch als er plötzlich inmitten des Jubels mit Stentorstimme das Evangelium zu leiern begann, sich in seine Originalgestalt zurückverwandelte und den sofortigen Kniefall des geschockten Publikums einforderte, wurde er ausgebuht, des Theaters verwiesen und mit striktem Auftrittsverbot für sämtliche Bühnen und Gotteshäuser New Yorks belegt.

Und der übrigen Welt brauchte er sich ohnehin nicht mehr zu präsentieren – weil die Leute scharenweise aus der Kirche austraten …

DER PAPST ALS ROTZMENSCH

Um sich mit den Niederungen der menschlichen Existenz ganz praktisch und hilfreich auseinanderzusetzen, beschloss Papst Rutschlaus der Kühne, eine Zeit lang streng inkognito als Rotzmensch[1] zuzubringen.

Erstaunlicherweise fand er jedoch solchen Gefallen daran, permanent mit verklebten Zöpfen in einem viel zu kurzen Rock umherzuhüpfen, einen Finger in der Nase oder den Leuten eine solche drehend, ihnen die Zunge herauszustrecken oder gar Unflätiges nachzurufen – dass er nicht mehr die ***geringste*** Lust verspürte, in sein früheres Amt zurückzukehren.

Verständlich, dass sein Name vom Vatikan bis heute totgeschwiegen wird.

---

[1] Ungezogenes Mädchen, Göre

DAS GEWACHSENE GESCHÖPF

Ein gewachsenes Geschöpf wähnte sich am Ende – nicht nur seines Wachstums – und ***verfluchte*** sich ob der vermeintlich sinnlosen Mühe.

Um bald darauf freudigst zu konstatieren, dass es drüben ja noch viel ***weiter*** wuchs …

DAS KONTROVERSIELLE GESCHÖPF

Ein Geschöpf ist bis heute so kontroversiell, dass man sich nicht einmal darauf einigen kann, ob es überhaupt wirklich ***existiert***.

Während die einen dies vehement bestreiten und vorgeben, es noch nie zu Gesicht bekommen zu haben, behaupten die anderen mit größtem Nachdruck, es ***ständig*** vor ihren Augen zu sehen.

Welcher Natur mag dieses Geschöpf wohl sein? Das zu erörtern, würde eine ***zu*** heftige Kontroverse heraufbeschwören ...

DAS CHOLERISCHE GESCHÖPF

Ein cholerisches Geschöpf rüttelte wie von Sinnen am besetzten Beichtstuhl von Pfarrer Xandl von Lichtscheu, der sich jedoch in seiner ausgedehnten Bußanleitung für ein sündiges Gegenüber durch nichts beirren ließ. Da es die Türverriegelung nicht aufbrachte, riss es einfach den ganzen Stuhl aus der Verankerung und stellte ihn auf den Kopf, bis beide Insassen gleichermaßen um Gnade winselten. Da das Geschöpf aber keine Zeit zu verlieren gewillt war, befreite es lediglich den Geistlichen, dem es nun auch sogleich den Grund für seine Beichtnot eröffnete.

Es habe sich im Zuge wissenschaftlicher Forschungen in seinem Labor ***vorsätzlich*** mit der Cholera infiziert. Es wähle den Freitod, weil es unter seinem cholerischen Temperamente bereits ***genug*** gelitten hätte.

Letzterer Umstand wurde vom Pfarrer in seiner Bußbemessung als überaus ***mildernd*** gewertet, ehe er es wohlgesegnet auf die Heimreise zum Herrn sandte.

Dann erst befreite er den immer noch kopfstehenden, ***anderen*** Sünder – dem er dafür die (restliche) Buße zur ***Gänze*** erließ.

DER GEBORENE SARG

Ein Sarg kam als solcher bereits zur Welt. Verwunderlich vielleicht, doch soweit durchaus verständlich. Unklar hierbei ist lediglich, ***wer*** ihn geboren hatte – denn seine Mutter wird bis heute verschämt verschwiegen.

Fest steht jedenfalls nur, dass sie ***nicht*** seiner Gattung angehörte – aber auch mit Sicherheit kein ***Schreiner*** war ...

DIE VERGIFTETE WOLKE

Mit bestem Appetite verschlang Mrs. Nancy Trautmannssohn ahnungslos eine vergiftete Wolke zum Frühstück.

Ihren zahlreichen sie mit der Frage bestürmenden Verwandten, wie sie denn an eine solche überhaupt ***geraten*** sei, hielt sie mit grimmiger Miene entgegen: „Wie ich es ***überlebt*** habe, interessiert euch wohl gar nicht?!“

Und sie ***enterbte*** jeden Einzelnen der Reihe nach.

EIN VAMPIR AUS DEM EMPIRE

Ein Vampir aus dem Empire
weilt bis heute munter hier.

Er hat nichts von seinem Glanz verloren,
sich die herrschaftlichsten Opfer auserkoren.

Und wird dies auch noch weiter tun
– lässt man ihn nicht ***endlich*** ruhn!

DER PAPST ALS WINDFANG

Als göttlichen Schutzschild gegen teuflische Winde verstand sich Papst Felskropf der Raue zeit seines Lebens.

Da er diese aber ***allzu*** lustvoll und begierig in sich aufsog, konnte es freilich nicht ausbleiben, dass er – früher als ihm lieb war – ***auseinanderplatzte***.

Selbstredend wurde er umgehend als Märtyrer heiliggesprochen.

DIE BEISSWÜTIGEN LEICHEN ODER DIE ENTSTEHUNG DES SCHEITERHAUFENS

Anlässlich eines Waldspaziergangs unweit seiner Sommerresidenz stieß Papst Vogelhut der Fröhliche auf eine Leiche. Er segnete sie sogleich, worauf sie ihn in den Finger biss.

Da exkommunizierte er sie – was ihm einen noch heftigeren Biss eintrug. Nun erst ließ er die Verwerfliche formell verbrennen.

Wohlinformierte Christen wenden daher bis heute vehement ein, dass der Scheiterhaufen ausschließlich erfunden wurde, um die Kirche vor bösartigen Beißattacken Verstorbener oder ihrer Hinterbliebenen zu schützen – und von den Hexen lediglich für deren eigene Zwecke ***missbraucht*** worden sei!

DIE KOKETTE LEICHE

Eine Leiche flirtete mit wirklich ***jedem***, ob lebendig oder nicht. Vor allem aber mit sich ***selbst***.

Und dies war auch bitter notwendig – da niemand ***anderer*** sonst ihre Liebesbezeugungen zu erwidern gedachte …

DIE FRÖHLICHEN OPFER

„Nicht ein ***einziges*** christliches Schaf bin ich freizugeben bereit! Ich ***denke*** doch gar nicht daran!“, bekräftigte Papst Wollschädel der Sparsame täglich aufs Neue, während er hektisch auf dem Bußschemel den Rosenkranz betete.

Und empfand sich dabei zu seinem Befremden immer weniger als Oberster Hirte, sondern zunehmend als kleinliche ***Krämerseele*** – was ihm schließlich mit der hohen Würde seines Amtes absolut unvereinbar schien.

Und so schwang er sich großzügigst und mutigst aus diesen Niederungen empor – und „opferte“ sie ***alle***.

Und die christlichen Schafe von einst danken es ihm wohlgemut noch heute, dass er sie so ungeschoren ziehen ließ ...

DER TEUFLISCHE SPASS

Seit Jahrhunderten schon bereitet es dem Höllenfürsten immer aufs Neue unbändiges, geradezu ***unflätiges*** Vergnügen, sich als ***Papst*** auszugeben.

Kein Wunder – wurde er doch bis heute nicht entlarvt …

DER UHU UND DAS ROTZMENSCH

Ein Uhu und ein Rotzmensch[2] wurden ein Paar. Sie gefielen einander, ohne einander zu begehren – und blieben gerade ***des***halb zusammen ihr Leben lang.

Und als sie sich ***danach*** doch noch begehrten – merkten sie zu ihrer übergroßen Freude, dass sie nun ohnehin bereits ***eins*** waren …

[2] Ungezogenes Mädchen, Göre

DER HENKER UND DAS ROTZMENSCH

Ein wegen „irreversibler Verkommenheit“ zum Tode verurteiltes Rotzmensch hatte knapp vor seiner Hinrichtung noch einen allerletzten Wunsch frei.

Freudig drehte es dem Henker, Sir Floribert Gschwindl, rasch eine lange Nase, riss ihm den Strick aus der Hand und richtete sich ***selbst***.

Und genoss noch lange ***danach*** seinen ungläubigen, verdutzten und vor allem ***enttäuschten*** Gesichtsausdruck ...

DER PHILOSOPH UND DAS ROTZMENSCH

„Wie lange leben Sie schon?“, biederte sich völlig ungeniert ein Rotzmensch dem erlauchten, weißbärtigen Philosophen Prof. Dr. Valerius Wattespecht an.

„Lange genug, um erkannt zu haben, ***dass*** ich eigentlich noch gar nicht richtig lebe!“ – „Dann macht es Ihnen doch sicher nichts aus, mich rasch noch zu ***ehelichen***, bevor Sie anfangen zu leben?“

Gleichmütig aus Prinzip und Überzeugung willigte er ein – und das Rotzmensch lernte rasch, dass es ***selbst*** noch weit davon entfernt war, richtig zu leben. Wodurch die beiden bald zum „philosophischen Traumpaar“ erblühten.

Und das lange, ***bevor*** sie endlich „richtig lebten“. Man kann nur bange spekulieren, auf welchem Olymp sie sich ***heute*** bereits befinden ...

DER NABEL DER WELT

All jene, die den ***Papst*** hiermit meinen, haben definitiv recht.

Vorausgesetzt natürlich, sie setzen die Welt im christlichen Sinne mit ***Hölle*** gleich …

Printed by Books on Demand GmbH, Norderstedt / Germany